Síscéalta Lios Lurgain

An tSióg
Mhallaithe

LEABHAR
BREAC

CAIBIDIL

1

EIDH BAINIS againn i Lios Lurgain!'
a dúirt Luisne go ríméadach lena cairde.
'Tá mo dheartháir Lugh geallta. An
chéad lá de Bhealtaine beidh sé féin
agus a ghrá geal Eimhear ag pósadh!'

Bhí na sióga óga an-sásta leis an scéal a bhí ag
Luisne dóibh. Is aoibhinn le sióga féastaí! Agus níl
féasta is fearr leo ná Bainis Sí!

'Ach cén fhaid eile é sin, a Luisne?' a d'fhiaf-
raigh a col ceathrair Deirdre di.

'Dhá mhí. Inniu an chéad lá de Mhárta,' a dúirt
Luisne.

'Dhá mhí!' arsa Deirdre. 'Caithfidh muid fanacht
dhá mhí eile!'

'Sin é an rud céanna a dúirt mise le mo
mháthair,' a deir Luisne. 'Ach dúirt sise go bhfuil

go leor ullmhúcháin le déanamh acu don bhainis. Tá siad tosaithe ar an obair sin cheana féin.'

Cheap Luisne go raibh an dá mhí i bhfad ag dul thart. Ansin, ar deireadh, bhí lá na bainise tagtha! Go moch maidin Lae Bealtaine bhí sí féin agus a tuismitheoirí Muireann agus Aodh gléasta go galánta agus iad ar a mbealach go dtí an Domhan Thuas.

'Cén fáth ar sa Domhan Thuas atá Lugh agus Eimhear ag pósadh?' a d'fhiafraigh Luisne dá máthair. 'Nach féidir leo pósadh anseo sa Domhan Thíos?'

'Is é sin an nós a bhí ann riamh sa saol,' a dúirt Muireann. 'Pósann sióga le héirí na gréine sa Domhan Thuas. Bíonn an searmanas pósta ar siúl faoin gcrann mór darach atá i Sean-Lios Lurgain.'

'Agus ar phós sibhse faoin gcrann darach céanna sin?' a d'fhiafraigh Luisne.

'Phós, a stór,' arsa Muireann.

Nuair a shroich siad an Domhan Thuas, ní raibh an ghrian fós ina suí. Shiúil Luisne agus a tuismitheoirí go dtí an crann mór darach. Bhí Lugh agus Eimhear ann rompu.

Bhí iontas ar Luisne nuair a chonaic sí go raibh na sluaite sióg tagtha go dtí an seandún. Bhí iontas uirthi freisin go raibh go leor rírá agus ruaille buaille ann.

'Nach gcloiseann na Daoine an rírá seo?' ar sise lena hathair.

'Ní féidir leis na Daoine muid a chloisteáil, ná muid a fheiceáil an lá speisialta seo, Lá Bealtaine,' a dúirt Aodh. 'Is cuma cé mhéad gleo a dhéanann muid.'

Bhí Luisne ag breathnú ina timpeall. Chonaic sí sióga a d'aithin sí as Lios Lurgain agus as Lios Darach. Ach bhí go leor sióga ann nach bhfaca sí riamh cheana.

'Na sióga sin a bhfuil na hataí dearga orthu, sin iad sióga Urumhan,' a dúirt a hathair léi. 'Agus tá sióga Thír Chonaill díreach lena dtaobh.

'Agus cé as na mná sin a bhfuil cótaí dearga orthu?' d'fhiafraigh Luisne nuair a chonaic sí grúpa mór eile ag teacht isteach sa dún.

'Sin iad sióga Inis Eoghain,' a dúirt Aodh. 'Tá gaol ag do mháthair leo sin.'

Bhí ríméad ar Luisne nuair a chonaic sí a haintín Gormlaith agus a col ceathrair, Conaire, ag teacht isteach sa dún.

'Breathnaigh, tá Aintín Gormlaith agus Conaire anseo,' ar sise lena tuismitheoirí. 'Caithfidh mé labhairt leo.'

'Nach bhfeicfidh tú iad ag an bhféasta, a Luisne?' a dúirt Aodh. 'Beidh an searmanas ag tosú nóiméad ar bith anois.'

'Díreach ar feadh nóiméid amháin,' arsa Luisne. 'Le do thoil. Beidh mé ar ais sula dtosóidh an searmanas.'

'Maith go leor,' a dúirt a hathair. 'Ach tar ar ais anseo láithreach.'

Rith Luisne anonn go dtí an áit a raibh Gormlaith agus Conaire ina seasamh.

'Ní féidir liom fanacht,' ar sise leo, 'ach chonaic mé sibh ag teacht isteach agus bhí mé ag iarraidh labhairt libh.'

'Tá sé go deas tú a fheiceáil arís, a Luisne,' arsa Gormlaith. 'Tá tú ag breathnú go hálainn. Agus tá Conaire ag súil go mór le dul go dtí an Domhan Thíos. Nach bhfuil, a Chonaire?'

'Tá,' a dúirt Conaire. 'Is fada liom go bhfeicfidh mé an áit. Agus tá mé ag súil go mór leis an bhféasta.'

'Agus mise freisin,' arsa Luisne. 'Ach an bhfuil sé fíor, a Aintín Gormlaith, nach mbeidh cead ag Conaire aon chuid den bhia a ithe?'

'Tuigeann tú, a Luisne,' arsa Gormlaith, 'nach
sióg cheart é Conaire. Agus tá a fhios againn céard
a tharlaíonn do Dhaoine a itheann bia na Sí. Níl
cead ag Conaire aon rud a ithe ná a ól ag an bhféasta
seo mura bhfuil mise nó sióg fásta eile in éineacht
leis chun é a chosaint.'

'A Chonaire bhoicht,' dúirt Luisne lena col
ceathrair, 'ní bheidh mórán spraoi agat. Ach dúirt
Mam go mbeidh tú ag casadh ceoil ag an bhféasta.'

'Beidh an bheirt againn ag casadh ceoil,' arsa
Gormlaith.

'Go maith,' a dúirt Luisne, 'ach caithfidh mise
imeacht anois. Feicfidh mé ar ball sibh.' Agus
d'iompaigh sí timpeall.

'Fan, a Luisne,' arsa Conaire. 'Ní fhaca tú
m'uaireadóir nua agus mo scian phóca nua.
Cheannaigh Mamó dom iad do mo lá breithe.'

Shín sé amach a lámh agus thaispeáin sé a
uaireadóir nua dá chol ceathrair. Ansin thóg
sé scian amach as a phóca.

'Níl a fhios agam cad chuige ar
thug tú an scian phóca sin
leat, a Chonaire,' arsa
Gormlaith. 'Ba cheart
duit í a fhágáil ag baile.'

'Is aoibhinn liom d'uaireadóir,' a dúirt Luisne le Conaire. 'Tá sé go hálainn ar fad.'

Thosaigh Gormlaith ag gáire.

'Beidh neart ama agaibh do na rudaí sin ar ball,' a dúirt sí. 'Is fearr duitse dul ar ais chuig do thuismitheoirí anois, a Luisne.'

HÍ AN searmanas pósta ag tosú. Sheas Lugh Lios Lurgain faoin gcrann mór darach. Sheas Eimhear Lios Darach lena thaobh. Stop an chaint, an rírá agus an ruaille buaille. Ba ghearr go raibh ciúnas sa seandún. Ansin, go mall réidh, shiúil seansióg amach as an slua.

'Cé hí sin?' a d'fhiafraigh Luisne dá máthair i gcogar. 'Ní fhaca mé riamh cheana í.'

'Sin í an Bhandraoi Aoibheann,' arsa Muireann. 'Ise atá i bhfeighil an tsearmanais phósta.'

'Breathnaíonn sí an-sean,' a deir Luisne.

Bhí an Bhandraoi Aoibheann beag bídeach. Bhí gruaig fhada bhán uirthi agus bhí sí ag caitheamh clóca bán a chuaigh síos go talamh.

Labhair an Bhandraoi leis an slua.

'Tá céad míle fáilte romhaibh go Lios Lurgain,' a dúirt sí. 'Tháinig sibh anseo ó chúig chúigí na hÉireann chun an ócáid speisialta seo a cheiliúradh le sióga Lios Lurgain agus Lios Darach. Agus cuirim fáilte ar leith roimh an lánúin óg, Lugh agus Eimhear, atá ag pósadh inniu. Is lá an-tábhachtach dóibhsean é an Lá Bealtaine seo. Sa searmanas pósta faoin gcrann darach inniu, geallfaidh an bheirt grá buan dá chéile agus ansin beidh siad nasctha le chéile go deo.'

Lean an Bhandraoi Aoibheann uirthi go dtí an crann darach agus sheas sí os comhair na lánúine óige.

'Tá an ghrian ag éirí,' a dúirt sí. 'Tá sé in am don searmanas.'

Leag an Bhandraoi lámh dheas Lugha os cionn lámh dheas Eimhire.

'Na ribíní,' ar sise ansin.

Shín máthair Eimhire pláta ornáideach chuig an mBandraoi. Bhí ribíní bána agus corcra ar an bpláta. Thóg an bhandraoi na ribíní agus chuir sí timpeall ar lámha na lánúine iad.

'A Lugh Lios Lurgain agus a Eimhear Lios Darach,' a dúirt an Bhandraoi, 'nascaim an bheirt agaibh le chéile. Nascaim sibh le Ribín an tSonais agus le Ribín an Ghrá. Go raibh rath agus bláth, sliocht agus séan oraibh gach oíche agus gach lá.'

Ansin cheangail an Bhandraoi snaidhm ar na ribíní.

'Is lánúin phósta sibh anois! Déanaim comhghairdeas ó chroí libh!' a dúirt sí le Lugh agus Eimhear.

Thosaigh an bualadh bos. Rinne an slua a mbealach go dtí an áit a raibh Eimhear agus Lugh ina seasamh faoin gcrann mór darach. Ina nduine agus ina nduine chroith siad lámh leis an lánúin nuaphósta agus ghuí siad gach sonas orthu.

Ach ansin go tobann … thosaigh an ghaoth ag séideadh! Ba ghearr go raibh sé ina gála. Shéid an ghaoth hataí agus ribíní san aer. Shéid sí na duilleoga den chrann mór darach. Ansin d'éirigh sé fuar agus dorcha i seandún Lios Lurgain.

'Céard tá ag tarlú?' a dúirt na sióga agus iad ag rith anonn agus anall agus ag ceistiú a chéile. 'Cén fáth nach bhfuil an ghrian le feiceáil sa spéir níos mó? Cén fáth a bhfuil sé fuar agus dorcha?'

Chuir sé seo ar fad scanradh ar Luisne. Ach nuair a bhreathnaigh sí timpeall le labhairt lena tuismitheoirí ní raibh siad lena taobh níos mó!

'A Mham, a Dhaid, cá bhfuil sibh?' ar sise de bhéic agus a croí ina béal aici.

Ach ansin rug a hathair greim láimhe uirthi.

'Tá muid anseo, a stór,' a dúirt sé. 'Agus tá muid ag dul abhaile.'

Agus ansin bhí Luisne agus gach sióg eile ag fágáil seandún Lios Lurgain faoi dheifir agus ag déanamh a mbealach ar ais go dtí an Domhan Thíos arís.

CAIBIDIL
3

BHÍ NA sióga ar fad cruinnithe le chéile i halla mór Lios Lurgain. Bhí an halla maisithe go hálainn. Bhí bia agus deoch ar an mbord, ach ní raibh na sióga ag ithe ná ag ól. Ní raibh siad ag ceiliúradh ná ag casadh ceoil. Bhí siad trína chéile.

'Céard go díreach a tharla sa Domhan Thuas?' a d'fhiafraigh siad dá chéile.

Ach ansin go tobann bhí glór ard garbh le cloisteáil sa halla.

'Céard a tharla sa Domhan Thuas?' a dúirt an glór. 'Meas tú céard a tharla ann?'

Stop na sióga ag caint agus bhreathnaigh siad i dtreo an dorais. Bhí sióg strainséartha ina sheasamh ann. Seansióg a raibh súile géara dubha ina cheann agus srón fhada air le cor ina barr.

'Feicim go bhfuil bainis á ceiliúradh agaibh,' arsa an strainséir a raibh an glór garbh aige. 'Ach ní bhfuair mise aon chuireadh chuig an mbainis seo. Chuir sé sin fearg orm. Chuir sé an-fhearg orm.'

Shiúil an strainséir isteach sa halla mór. Sheas sé i lár an urláir agus é ag breathnú ina thimpeall. Ní raibh focal as na sióga.

Thosaigh an strainséir ag gáire.

'Ha! Há!' ar seisean. 'Feicim nach bhfuil mórán fonn ceiliúrtha oraibh anois! Is mór an trua é sin. Is maith liomsa go mór a bheith ag ceiliúradh. An é go bhfuil faitíos oraibh romham?'

Níor labhair aon duine.

'Má tá deireadh leis an gceiliúradh anseo,' a dúirt an strainséir, 'ceapaim go mbeidh féasta de mo chuid féin agam. Ar mhaith libh teacht? Tá míle fáilte romhaibh. Ní maith liom a bheith ag ceiliúradh liom féin!'

Go tobann thit ceo ar fud an halla. Ceo liath, gránna a bhí ann. Nuair a scaip an ceo ní raibh na sióga in ann an strainséir a fheiceáil níos mó.

Ach fós féin bhí siad in ann a ghlór garbh a chloisteáil.

'Tá tú agam,' a dúirt an glór. 'Tá tú agam. Agus

tiocfaidh tú in éineacht liom go dtí m'fhéasta. Is aoibhinn le páistí féastaí — go háirithe na páistí Sí.'

Nuair a chuala na sióga páiste ag béicíl in ard a chinn thosaigh siad ag rith i ngach treo.

'Beirigí air,' a dúirt siad le chéile. 'Beirigí ar an strainséir sula n-imeoidh sé!'

Ach ní raibh siad in ann aon rud a fheiceáil sa gceo.

'Cé a bhí ag screadaíl ansin?' arsa Muireann, máthair Luisne, agus uafás ina glór. 'An é gur thóg an strainséir duine de na sióga óga?'

Nuair a ghlan an ceo ar deireadh, ní raibh tásc ná tuairisc ar an strainséir. Bhí gach tuismitheoir a bhí i láthair ag cuardach a pháiste féin.

Ansin lig bean béic aisti.

'A Chonaire, a Chonaire, cá bhfuil tú?'

'Ní féidir liom Conaire a fháil in aon áit! An bhfuil mo mhac fuadaithe ag an strainséir?' arsa Gormlaith, agus í ag screadaíl agus ag caoineadh.

Bhí alltacht ar na sióga eile.

'Tá mac Ghormlatha tugtha leis ag an strainséir sin,' a dúirt siad. 'Ní féidir ligean leis. Caithfidh muid an páiste a fháil ar ais sula ndéanfaidh sé dochar dó.'

'Ach cé hé an strainséir?' arsa Muireann agus crith ina glór. 'An bhfuil a fhios ag aon duine cé hé an strainséir a tháinig anseo inniu gan cuireadh agus a thug leis mac mo dheirféar Gormlaith?'

Is ansin a labhair an Bhandraoi Aoibheann.

'Tá a fhios agamsa cé hé féin,' a dúirt sí go brónach leis an slua. 'Macha an t-ainm atá air. Is é Macha an tSióg Mhallaithe a tháinig anseo gan cuireadh agus a sciob mac Ghormlatha.'

Tá fhios ag gach sióg sa Domhan Thíos cé hé Macha. Chuala siad faoi na rudaí gránna a rinne sé sa Domhan Thíos. Tá a fhios acu freisin faoi na rudaí uafásacha a rinne sé sa Domhan Thuas.

'Macha! Macha! Macha!' Bhí an t-ainm anois le cloisteáil mar a bheadh macalla ar fud halla mór Lios Lurgain.

'Macha!' arsa Gormlaith agus thosaigh sí ag caoineadh agus ag olagón. 'Tá mo mhac tugtha leis ag an tSióg Mhallaithe! An bhfeicfidh mé mo mhaicín go deo arís?'

Labhair an Bhandraoi go cineálta le Gormlaith. 'Tá mé lánchinnte go bhfeicfidh tú do mhac arís, a Ghormlaith,' ar sise. 'Cuirfidh muid plean le chéile láithreach. Rachaidh grúpa againn go dtí mo theachsa anois. Tiocfaidh tusa linn, a Ghormlaith. Agus do dheirfiúr Muireann freisin.'

Shiúil an Bhandraoi thart timpeall an halla agus bhreathnaigh sí go grinn ar na sióga a bhí ann. Ansin thosaigh sí ag roghnú sióga áirithe.

'Is sibhse, na Sí-shaighdiúirí agus na saoithe atá ag teastáil uainn don chuardach seo,' ar sise leis an dream a bhí roghnaithe aici. 'Tiocfaidh sibh liom go dtí mo theach.'

Ansin labhair sí leis an gcuid eile den slua.

'Má tá sióga eile anseo a bhfuil eolas ar leith acu faoi Mhacha nó faoi na sióga mallaithe eile ba mhaith liom go dtiocfaidís in éineacht linn freisin,' a dúirt sí.

D'éirigh roinnt sióga ina seasamh. Seanfhir a bhí iontu seo a raibh féasóga fada liatha orthu agus róbaí fada. Shiúil siad go mall go dtí an áit a raibh Aoibheann ina seasamh.

'Go raibh maith agaibh,' a dúirt Aoibheann leis na seanfhir. 'Anois, an chuid eile agaibh, fanfaidh sibh anseo le chéile sa halla. Tá súil agam a bheith ar ais anseo roimh am luí. Coinneoidh sibh súil ghéar ar na sióga óga. Ní féidir leosan aon chabhair a thabhairt dúinn leis an gcuardach seo. Déanaigí cinnte nach n-imeoidh aon sióg óg as an halla nó go dtiocfaidh mise ar ais. Tá a dhóthain dochar déanta ag Macha inniu.'

CAIBIDIL

4

'TÁ SÉ deacair teacht air mar athraíonn sé a chruth go minic,' arsa seansióg, a raibh Aongus air, agus iad i dteach an Bhandraoi. 'Uaireanta is cruth éin mhóir dhuibh a bhíonn air. Agus uaireanta bíonn sé mar bheadh ceo liath ann.'

'Nó ar nós feithide móire,' arsa sióg a raibh Fionnuala uirthi.

'Ach an sa Domhan Thuas nó sa Domhan Thíos atá sé ina chónaí?' a d'fhiafraigh Gormlaith díobh.

'Is sa Domhan Thuas a bhíonn sé de ghnáth, a Ghormlaith,' arsa an Bhanraoi. 'Is cosúil gur fearr leis an Domhan Thuas. Tá an-tóir aige ar na sean-dúin a mbíodh ár muintir ina gcónaí iontu fadó, fadó.'

'Agus an bhfuil bealach agatsa, a Bhandraoi, chun

a fháil amach cén áit a bhfuil sé anois díreach?' a deir Gormlaith.

'Creidim go mbeidh mé in ann teacht ar an eolas sin, a Ghormlaith,' a dúirt Aoibheann.

Thóg an Bhandraoi luibheanna amach as a mála agus shiúil sí go anonn dtí an tine leo. Chaith sí isteach sa tine iad.

'Ciúnas,' a dúirt sí. Chaith an Bhandraoi tamall ina seasamh ansin agus í ag stánadh ar na lasracha sa tine. Ar deireadh d'iompaigh sí timpeall agus labhair sí.

'Is sa Domhan Thuas atá Macha agus Conaire anois,' a dúirt sí. 'Tá mé cinnte de sin. Feicim lios nó dún mór. Ach mo léan, níl sé róshoiléir. Ní aithním an áit.'

'An bhfuil tú cinnte, a Bhandraoi, nach bhfuil luibheanna níos fearr ná iad sin agat?' a dúirt Gormlaith. Bhí sí anois ag siúl suas síos an t-urlár go mífhoighdeach. 'Creidim, toisc nach sióg cheart é, go bhfuil mo mhac i gcontúirt níos mó ná mar a cheapann sibhse. Agus tá imní orm go bhfuil a fhios ag Macha gur Duine é a athair.'

'Ach b'fhéidir gur buntáiste seachas míbhun-táiste é sin, a Ghormlaith,' a dúirt an Bhandraoi.

'Níl Macha in ann Daoine a chur faoi dhraíocht.'

'Ach, mar sin féin, tá Conaire i gcontúirt mhór,' a deir Muireann. 'Níor cheart aon mhoill a dhéanamh. Ba cheart na saighdiúirí a chur go dtí an Domhan Thuas anois agus na seanliosanna agus na dúnta ar fad a chuardach.'

'Ach cén fhaid a thógfadh sé iad ar fad a chuardach?' a d'fhiafraigh Gormlaith agus crith ina glór. 'Nach bhfuil na céadta acu sa Domhan Thuas!'

'Tá go leor acu ann ceart go leor,' arsa an Bhandraoi. 'Ach is breá le Macha na liosanna a bhfuil clú agus cáil orthu. Tosóidh muid leo sin. Sliabh na mBan, Cnoc Meá agus Sí an Bhrú.'

Labhair sí leis na Sí-shaighdiúirí ansin.

'Tá sibhse óg, lúfar,' a dúirt sí leo. 'Tabharfaidh sibh libh bhur mboghanna agus bhur gclaimhte agus rachaidh sibh láithreach go dtí an Domhan Thuas. Is é Lugh a bheidh i gceannas ar an bhfoireann a rachaidh go Cnoc Meá. Beidh Fionnuala i gceannas ar fhoireann Shliabh na mBan agus Conn i gceannas ar fhoireann Shí an Bhrú. Mura bhfuil aon tuairisc ar Mhacha sna háiteanna sin téigí ar aghaidh chuig na liosanna seo.' Agus shín sí liosta chuig gach ceannaire.

'Déanaigí teagmháil lenár gcairde i saol na

n-ainmhithe,' arsa Aoibheann leis na Sí-shaigh-diúirí nuair a bhí siad réidh le himeacht. 'An fia, an giorria, an t-ulchabhán agus an sionnach. Is féidir leosan teachtaireachtaí a chur ar ais anseo chugainne. Go n-éirí go geal libh. Tá muid ag brath oraibh. Ach bígí an-chúramach. Ní féidir dearmad a dhéanamh ar feadh soicind amháin fiú, gur Sióg Mhallaithe é Macha.'

Labhair Aoibheann ansin leis na sióga eile. 'Fanfaidh sibhse anseo liomsa,' a dúirt sí leo. 'Tosóidh muid ag déanamh staidéir ar Sheanleabhar na gCleas. Creidim go bhfuil seanchleasa Sí ann a oibríonn ar Shíoga Mallaithe mar Mhacha.'

CAIBIDIL
5

ONAIRE BOCHT,' a deir Luisne le Deirdre agus iad ina suí i halla mór Lios Lurgain leis an sióga eile. 'Agus bhí sé chomh sásta leis féin maidin inniu.'

'Bhí,' a dúirt Deirdre go brónach. 'Ní raibh sé ar Bhainis Sí riamh cheana. Ná ní raibh sé sa Domhan Thíos riamh cheana ach an oiread.'

'Ach meas tú cá bhfuil sé anois?' a dúirt Luisne. 'Meas tú céard a rinne Macha leis?'

Bhí seansióg a raibh Méabh uirthi ag coinneáil súile ar Luisne agus ar Dheirdre agus í ag éisteacht leis an gcomhrá a bhí eatarthu.

'Nuair a bhí mise óg,' a dúirt Méabh leis an dá shióigín, 'chuala mé ó mo sheanmháthair go raibh pasáiste idir an Domhan Thíos agus an Domhan Thuas. Níl a fhios ag aon sióg anois cá bhfuil an pasáiste seo, má tá sé ann ar chor ar bith níos mó. Ach má tá an pasáiste ann, bí cinnte go bhfuil a fhios ag Macha faoi! Níl faic nach bhfuil a fhios ag an tsióg mhallaithe sin.'

Leath súile Dheirdre agus í ag éisteacht le Méabh ag caint.

'A Dheirdre, a Dheirdre,' ar sise i gcogar lena col ceathrair agus thug sí cic di faoin mbord.

'Céard tá ort?' a dúirt Deirdre. 'Cad chuige a bhfuil tú do mo chiceáil?'

'An chuimhin leat,' arsa Luisne agus í fós ag sioscadh, 'an lá ar éalaigh muid go dtí an Domhan Thuas i ngan fhios?'

'An ndéanfaidh mé dearmad go deo air?' arsa Deirdre.

'Ach an cuimhin leat an phluais a raibh muid istigh inti go dtí gur tháinig an sionnach?'

'Is cuimhin liom go maith é. Ach ní raibh muid in ann dul i bhfad isteach mar gheall ar na clocha agus ar na carraigeacha a bhí ann.'

'Ceapaimse,' a dúirt Luisne, 'gurb é sin an pasáiste a bhfuil an tSióg Méabh ag caint faoi. An ceann ar inis a seanmháthair di faoi.'

'Má tá an ceart agat,' arsa Deirdre, 'caithfidh muid rud éigin a rá leis na sióga fásta.'

'Ceapaimse gur cheart don bheirt againne dul suas ar dtús agus an pasáiste a aimsiú,' arsa Luisne. 'Ansin beidh muid in ann teacht ar ais agus a rá leo cén áit go díreach a bhfuil an pasáiste seo.'

'Ach nach cuimhin leat an rud a tharla dúinn an t-am deireanach?' a dúirt Deirdre. 'Nó an bhfuil sé sin dearmadta ar fad agat?'

'Ná bí ag caint chomh hard sin,' arsa Luisne i gcogar. 'Tá daoine ag éisteacht. Agus níl sé dearmadta agam. Ach is é ár gcol ceathrair Conaire atá i dtrioblóid. Tá ár gcabhair ag teastáil uaidh.'

'Ach chuala tú an Bhandraoi,' arsa Deirdre. 'Dúirt sí nach bhfuil na sióga óga in ann aon chabhair a thabhairt.'

'Ní raibh an ceart aici,' a dúirt Luisne. 'Cuireann sé cantal orm go gceapann na sióga fásta nach bhfuil muid in ann faic a dhéanamh.'

Ní dúirt Deirdre dada.

'An bhfuil tusa sásta?' a dúirt Luisne ansin, 'fanacht anseo an lá ar fad nuair a d'fhéadfá rud éigin a dhéanamh chun cabhrú le do chol ceathrair? Nó an é go bhfuil tú fós scanraithe roimh an Domhan Thuas?'

Ní dúirt Deirdre dada ar feadh nóiméid.

'Nuair a chuireann tú mar sin é....' ar sise ansin.

Agus bhí a fhios ag Luisne ansin go raibh a hintinn athraithe ag a col ceathrair.

Bhí súil an-ghéar á coinneáil i gcónaí ar na síóga óga a bhí i Halla Lios Lurgain. Ach nuair a tháinig am lóin agus an bia á roinnt amach, bhí na síóga fásta an-chruógach agus ba dheacair dóibh súil a choinneáil ar na síóigíní ar fad.

'Anois,' a dúirt Luisne le Deirdre. 'Seo é ár seans. Tabhair leat do chlóca.'

Nuair a shroich siad an Domhan Thuas, chaith an dá shíóigín tamall ag siúl timpeall an dúin.

'Tá sé agam! Tá sé anseo, a Dheirdre!' a dúirt Luisne nuair a d'aimsigh sí an phluais ar deireadh.

Isteach leo.

'Cén fáth nár chuimhnigh muid laindéar a thabhairt linn? Tá sé uafásach dorcha istigh anseo....' arsa Luisne.

'Tuige nár chuimhnigh tusa air?' a dúirt Deirdre. 'Is tú a thagann suas leis na pleananna iontacha seo i gcónaí.'

Chroch Luisne a súile in airde. 'Ar mhaith leat iompú ar ais mar sin?'

Bhí cúpla nóiméad ciúnais ann.

'Tá cleas ann le solas a chruthú,' a dúirt Luisne

ansin. 'Chonaic mé Lugh á dhéanamh....'

'Ceapaim gur Cleas an tSolais an t-ainm atá ar an gcleas sin,' arsa Deirdre. 'Beidh muid á fhoghlaim ar scoil an bhliain seo chugainn. Ach bhí mise ag léamh leabhair an chéad ranga eile agus ceapaim go bhfuil mé in ann an cleas sin a dhéanamh.'

'Thar barr! Bain triail as,' arsa Luisne.

Bhí Deirdre tamall ag smaoineamh ar a raibh léite aici faoin gcleas áirithe seo agus ansin tamall eile á chleachtadh. Ar deireadh bhí sé aici:

Trí chleas an tSolais 'speáin an tslí —
'Speáin an bealach, is lasta bíodh —
'Tabhair solas don Slua Sí.'

Go tobann líon an pasáiste le solas geal.

'Sin cleas iontach!' arsa Luisne. 'Maith thú, a Dheirdre!'

Shiúil siad ar aghaidh píosa eile.

'Ní raibh muid chomh fada seo isteach an babhta deireanach,' a dúirt Deirdre.

'Is dóigh gur tháinig Macha tríd an bpasáiste,' a dúirt Luisne. 'Agus gur chuir sé na clocha agus na carraigeacha as an mbealach.'

'Bhí an ceart ar fad ag an tSióg Méabh, mar sin!' arsa Deirdre.

CAIBIDIL

6

STOP AN dá shióigín ag siúl nuair a chonaic siad go bhféadfaidís casadh ar deis nó ar clé.

'Cé acu an bealach ceart, meas tú?' a d'fhiafraigh Luisne de Dheirdre.

'Má tá an ceart ag an tsióg Méabh is bealach abhaile go dtí an Domhan Thíos ceann acu. Ach cé acu ceann?' arsa Deirdre.

Bhí siad fós ina seasamh ansin ag iarraidh a n-intinn a dhéanamh suas nuair a chonaic Luisne rud éigin ag lonradh ar an talamh. Shiúil sí chomh fada leis agus phioc sí suas é.

'Breathnaigh air seo, a Dheirdre!' a dúirt sí

ansin agus gliondar uirthi. 'Seo í uaireadóir Chonaire. Thaispeáin sé dom ar maidin í, roimh an searmanas. B'fhéidir go raibh sé ag iarraidh leid a fhágáil...!'

'Má tá an ceart agat,' a deir Deirdre, 'is ar chlé a chas Macha.'

Thosaigh Luisne ag rith.

'A Chonaire, a Chonaire, an bhfuil tú ansin?' ar sise agus í ag rith ar nós na gaoithe tríd an bpasáiste.

'Fan, a Luisne,' a dúirt Deirdre. 'Fan liomsa.'

Ach níor thug Luisne aon aird ar a col ceathrair. Faoin am seo bhí sí in ann solas an lae a fheiceáil amach os a comhair. Choinnigh sí uirthi ag rith i dtreo an tsolais.

'A Chonaire, a Chonaire, an bhfuil tú ansin?' ar sise arís.

Rith Luisne go dtí deireadh an phasáiste, agus bhí Deirdre ar cosa in airde ina diaidh.

'An bhfeiceann tú, a Luisne! Thall ansin! Sin é Lios Dúin Bhearna!' arsa Deirdre nuair a tháinig sí suas le Luisne. 'Tá pictiúir de crochta sa scoil.'

Bhí Lios Dúin Bhearna os a gcomhair amach agus na clocha móra ealaíonta ag soilsiú faoi sholas na gréine.

'*Imigh as radharc!*' arsa Deirdre le Luisne.

'Níl aon mhaith sa gcleas sin, a Dheirdre,' a deir Luisne. 'Is sióg é Macha. Dúirt na sióga fásta nach n-oibríonn na Cleasa Sí air.'

Díreach taobh amuigh de Lios Dúin Bhearna thug an dá shióigín préachán mór millteach faoi deara. Bhí sé ina shuí ar charraig. Nuair a chonaic an préachán iad ag teacht, lig sé gráig aisteach as. Ansin d'éirigh sé san aer agus rinne sé caol díreach ar an mbeirt.

'Rith,' a dúirt Luisne. 'Rith ar ais isteach sa phasáiste!'

Ach bhí sí rómhall. Bhí an préachán ag ionsaí Dheirdre! Chonaic Luisne a col ceathrair ina seasamh gan cor aisti agus a lámha san aer aici. Bhí sí ag scréachaíl agus ag iarraidh í féin a chosaint ar an bpréachán. Bhí sé anois ag eitilt timpeall ar a cloigeann ag iarraidh í a scríobadh lena chrúba móra géara. Rug Luisne ar chloch le caitheamh leis an éan. Ach go tobann stop sí.

'Ach má chaithim an chloch seans go mbuail-fidh mé Deirdre,' ar sise léi féin. 'Ach is gá dom rud éigin a dhéanamh. Tá Deirdre ag cur fola. Tá a héadan agus a chuid lámha scríobtha.'

Bhain Luisne di a clóca. Anonn léi go beo agus

chaith sí an clóca anuas sa mullach ar an bpréachán. Bhí an préachán sáinnithe aici!

Thosaigh Deirdre ag ciceáil an phréacháin ansin ach d'éirigh leis an éan éalú uathu suas san aer. Ba ghearr go raibh sé imithe as radharc.

'Tá tú ag cur fola, a Dheirdre,' a deir Luisne agus a croí ag preabadh. 'Ba cheart dúinn dul abhaile láithreach.'

'Arbh é Macha a bhí ann?' a deir Deirdre.

'Tá mé cinnte gurb é,' arsa Luisne.

'Bhí seafóid orainn teacht anseo agus gan ann ach an bheirt againn,' a dúirt Deirdre.

Ar ais leo isteach sa phasáiste arís agus thosaigh

siad ag déanamh a mbealach ar ais abhaile. Ach ansin chuala siad an ceol! Ceol brónach feadóige a bhí ann. Stop an bheirt sióigíní agus bhreathnaigh siad ar a chéile.

'Is é Conaire atá ann!' arsa Luisne agus ríméad uirthi. 'An cuimhin leat go raibh sé ag casadh ar an bhfeadóg an lá a raibh muid i dteach Ghormlatha? Tá mé cinnte gurb é atá ann.'

'Tá an ceart agat. Níl ceol mar sin ag aon duine eile,' a dúirt Deirdre. 'B'fhearr dúinn dul abhaile anois agus a rá leo go bhfuil Conaire faighte againn.'

'Ní féidir linn dul abhaile, a Dheirdre,' a dúirt Luisne, 'nuair atá ár gcol ceathrair chomh gar seo dúinn. Má théann muid abhaile anois b'fhéidir go mbeidh sé ródheireanach faoin am a dtiocfaidh cabhair chuige. Níl a fhios againn céard a dhéanfaidh an tSióg Mhallaithe leis. Ach tá tusa gortaithe, a Dheirdre. B'fhéidir gur cheart duitse dul abhaile.'

'Má tá tusa ag fanacht, tá mise ag fanacht freisin,' a dúirt Deirdre. 'Níl orm ach cúpla scríob.'

D'iompaigh an dá shióigín timpeall agus amach as an bpasáiste leo arís. Thosaigh siad ag siúl i dtreo an dúin. Ach go tobann ní raibh siad in ann aon rud a fheiceáil níos mó. Bhí ceo tiubh liath gach uile áit ina dtimpeall! Bhuail scanradh iad.

'Sin é an ceo céanna a bhí i halla Lios Lurgain ar maidin,' arsa Luisne le Deirdre.

'Is é,' a dúirt Deirdre. 'Coinneoidh an bheirt againn greim láimhe ar a chéile is cuma céard a tharlóidh.'

Ach ansin baineadh tuisle as Luisne agus ní raibh greim láimhe acu ar a chéile níos mó.

'An bhfuil tú ansin, a Dheirdre?' arsa Luisne de bhéic. 'Níl mé in ann tú a fheiceáil.'

'Tá mé anseo,' arsa Deirdre agus shín sí amach a lámh arís.

CAIBIDIL

7

HÍ LUISNE sínte ar an talamh.

'A Dheirdre!' ar sise. 'Tabhair dom do lámh go beo!' Ach nuair a bhreathnaigh sí suas ba bheag nár thit an t-anam aisti. Ba é Macha a chonaic sí cromtha os a cionn.

'Bhuel anois,' a deir Macha. 'Cé atá anseo agam! Sióigín an ea! Tá céad míle fáilte romhat, a shióigín. Tá céad míle fáilte romhat chuig féasta Mhacha.'

Leis sin rug Macha ar Luisne. Ansin chaith sé suas ar a dhroim í agus thosaigh sé ag siúl.

'Lig díom! Lig díom,' arsa Luisne de bhéic.

Ach níor thug Macha aon aird uirthi. Nuair a stop sé ar deireadh dúirt sé focail i dteanga nár chuala Luisne riamh cheana. Tar éis dó na focail sin a rá scaip an ceo a bhí ina dtimpeall agus chonaic Luisne doras ag oscailt i lios. Ba ghearr go raibh siad istigh i seomra mór. Bhí an seomra seo maisithe go hálainn agus bhí tine mhór ar lasadh ann. Nuair a leag Macha Luisne anuas ar an urlár i lár an tseomra bhreathnaigh sí ina timpeall. Agus cé a chonaic sí ar chathaoir os a comhair amach ach a col ceathrair Conaire!

'Buachaillín cliste atá anseo againn,' a dúirt Macha le Luisne. 'Síóg a bhfuil fuil Daonna ann! Níor ith sé aon rud ó mhaidin. Níor ól sé aon rud ach an oiread. Caithfidh gur chuala sé na scéalta sin. Na scéalta faoi Dhaoine a d'ith bia na Sí agus a bhí coinnithe go deo sa Domhan Thíos. Ach b'fhearr leis seo go mór fanacht sa Domhan Thuas. Nach bhfuil an ceart agam faoi sin, a bhuachaillín chliste?'

Ní raibh focal as Conaire. Níor labhair Luisne ach an oiread.

'B'aoibhinn liom fanacht anseo ag caint leis an mbeirt agaibh,' a deir Macha leo ansin. 'Ach ní féidir liom, faraor. Tá mo chairde ar a mbealach cheana féin. Tá siad ag teacht as cúig chúigí na hÉireann. Is gearr anois go mbeidh siad anseo. Fan go bhfeice sibh ansin! Beidh spórt agus spraoi againn ag an bhféasta seo. Ach caithfidh mise imeacht agus an bia a réiteach ar dtús.'

Agus leis sin d'imigh Macha amach as an seomra. Chuir sé an glas ar an doras ina dhiaidh agus d'fhág sé Luisne agus Conaire leo féin.

CAIBIDIL

8

BHÍ LUISNE agus Conaire fágtha leo féin.

'Caithfidh muid éalú as seo,' a deir Conaire. 'Níl a fhios agam céard atá i gceist ag Macha a dhéanamh linn.'

'B'fhearr liom gan a fháil amach,' arsa Luisne. 'Ach an bhfuil tú cinnte gur féidir linn éalú uaidh, a Chonaire? Ní oibríonn na Cleasa Sí ar Mhacha. Sin é a deir na sióga fásta ar aon nós.'

'Ach oibríonn na cleasa daonna air,' a dúirt Conaire agus thóg sé rud éigin as a phóca. Shiúil sé go dtí an doras.

Bhí Luisne an-fhiosrach.

'Ach cén sórt cleasa atá ag na Daoine, a Chonaire?' ar sise. 'Cheap mé nach raibh aon draíocht acu.'

'Fan go bhfeicfidh tú,' a deir Conaire. Sháigh sé an rud a bhí ina láimh aige isteach i bpoll na heochrach. Chas sé anonn agus chas sé anall é. Agus ansin bhí an doras oscailte aige!

Bhí an-iontas go deo ar Luisne.

'Cén sórt draíochta é sin a d'oibrigh tú?' a d'fhiafraigh sí de Chonaire.

'Draíocht na scine póca!' arsa Conaire. Agus thaispeáin sé an rud a bhí ina láimh aige do Luisne.

'Draíocht daonna,' arsa Luisne agus thosaigh sí ag gáire. 'Ach breathnaigh. Caithfidh muid imeacht as seo sula dtiocfaidh Macha ar ais.'

Níorbh fhada go raibh Luisne agus Conaire taobh amuigh den lios arís!

'An bhfuil a fhios agatsa an bealach ar ais?' a d'fhiafraigh Conaire de Luisne ansin.

'Tá pasáiste thall ansin. Is isteach tríd sin a tháinig mé féin agus Deirdre anseo,' arsa Luisne. 'Ach ní féidir linn imeacht gan Deirdre. Caithfidh muid í a chuardach.'

Ach díreach ansin chonaic siad Deirdre ag rith ina dtreo.

'D'éirigh libh éalú uaidh,' a deir Deirdre agus ríméad an domhain uirthi.

'Ach céard fútsa, a Dheirdre,' a dúirt Luisne, 'an bhfaca tú é?'

D'inis Deirdre dóibh gur chuala sí Luisne ag screadaíl tar éis di titim.

'Ansin chuala mé glór Mhacha,' ar sise. 'Rith mé cosa in airde ar ais go dtí an pasáiste. Ach nuair a d'imir mé Cleas an tSolais, ní raibh béal an phasáiste le feiceáil agam. Bhí mé imithe amú sa cheo. Ansin chonaic mé Macha ag teacht amach as an gceo. "Sióigín eile", a dúirt sé nuair a chonaic sé mé. "Tá an t-ádh orm inniu!" Thit mo chroí ach ansin dúirt sé go raibh deifir air agus bhailigh sé leis.'

'Is fearr dúinn imeacht as an áit seo chomh luath agus is féidir,' arsa Conaire. 'Tá mé cinnte nach ndeachaigh sé i bhfad ó bhaile.'

'Tá an ceart agat,' a dúirt an glór garbh taobh thiar díobh. 'Ní dheachaigh mé i bhfad ó bhaile. Ar cheap sibh go n-éalódh sibh uaim mar sin? Agus gan an féasta tosaithe fós fiú!'

Cé go raibh an ceo gránna ina dtimpeall arís bhí a fhios ag an triúr cén treo go díreach a raibh an pasáiste. Agus ní raibh sé rófhada uathu. Thosaigh siad ag rith ar nós na gaoithe. Ach go tobann bhí Macha os a gcomhair arís.

'Níl sé chomh héasca sin éalú uaimse, a

shiógíní,' a dúirt sé agus rug sé ar Luisne. Lig
Luisne scréach uafásach aisti.

Leis sin tháinig saighdiúir óg amach as an gceo
ar luas lasrach agus a chlaíomh ardaithe
aige.

'Scaoil uait í,' a dúirt an fear óg le
Macha. 'Scaoil uait mo dheirfiúr.'

Baineadh geit as Mhacha
nuair a chuala sé an glór taobh
thiar de agus lig sé le Luisne.

Thug Lugh ruathar faoi
Mhacha ansin agus a chlaíomh
géar amach roimhe aige. Nuair a
chonaic Macha an claíomh, bhog
sé ar leataobh. Ach bhí sé
ródheireanach. Chuaigh an
claíomh isteach ina thaobh.

'Céard atá le rá agat
anois, a Shióg Mhallaithe?'
arsa Lugh.

Ach tharraing Macha
an claíomh amach as a
cholainn agus thosaigh
sé ag ionsaigh Lugh
lena chlaíomh féin.

Nuair a chonaic Luisne é seo thit a croí. Bhí Macha róláidir dá dheartháir. Ach céard a d'fhéadfadh sí a dhéanamh? Ní raibh aon armlón acu. Ansin, le teann éadóchais, chrom sí síos agus rug sí ar chloch agus chaith sí ar a míle dícheall í. Lig Macha uaill uafásach as agus thit an claíomh as a láimh.

'Mo shúil!' a dúirt sé. 'Mo shúil!' Bhí a shúil dheas gortaithe ag an gcloch!

D'iompaigh Macha timpeall agus d'éalaigh sé isteach sa gceo, é fós ag béiceadh agus fuil ag sileadh ón a shúil.

'An bhfuil tú gortaithe, a Lugh?' a dúirt Luisne nuair a bhí Macha imithe.

'Tá gearradh ar mo láimh ach sin é an méid,' arsa Lugh. 'Ach is maith an rud é go raibh mo dheirfiúr bheag anseo chun breathnú amach dom!'

Bhí an ceathrar ar a mbealach tríd an bpasáiste nuair a tháinig na Sí-shaighdiúirí eile suas leo.

'Cá raibh sibh nuair a bhí sibh ag teastáil?' a dúirt Lugh leo.

'Bhí an ceo an-trom. Chuala muid na glórtha ach ní raibh muid in ann a dhéanamh amach cá raibh sibh,' a dúirt an chéad saighdiúir.

'Ach ansin go tobann ghlan an ceo agus chonaic muid sibh ag teacht isteach anseo,' a dúirt an dara saighdiúir.

HÍ AN féasta ba mhó riamh ar siúl i halla Lios Lurgain. Bhí bainis Lugh Lios Lurgain agus Eimhire Lios Darach á ceiliúradh ag na sióga ar deireadh. Ach bhí cúis eile ceiliúrtha acu chomh maith. Bhí Conaire, mac Ghormlatha, ar ais slán sábháilte lena mháthair arís agus bhí an ruaig curtha ar Mhacha, an tSióg Mhallaithe. Go fóill ar aon nós.

Sheas an Bhandraoi Aoibheann agus rinne sí comhghairdeas leis na Sí-shaighdiúirí ar fad ach go háirithe le Lugh Lios Lurgain as an éacht a bhí déanta acu an lá sin.

Ach nuair a chríochnaigh an Bhandraoi a cuid cainte dúirt Lugh gur mhaith leis féin cúpla focal a rá leis an slua.

'Ní dhearna mise ná na Sí-shaighdiúirí eile aon éacht,' ar seisean. 'Chaith muid an lá amuigh ag cuardach áit cónaithe Mhacha, gan aon toradh air. Is í mo dheirfiúr beag Luisne a rinne an t-éacht. Agus dar ndóigh ár gcol ceathrair Deirdre.'

Ansin d'inis Lugh an scéal ar fad ó thús go deireadh. Nuair a bhí an scéal iontach seo cloiste ag na síóga a bhí bailithe le chéile don cheiliúradh, thug siad an bualadh bos is mó dar tugadh riamh sa halla sin don dá shióigín, Luisne Lios Lurgain agus Deirdre Lios Darach.

Éalú as an Lios
Aoife Ní Dhufaigh

Tá Luisne fiosrach faoi Dhomhan na nDaoine nó
'An Domhan Thuas'. Tá bealaí rúnda le taisteal
amach as Domhan na Sí ach ní thugtar an t-eolas
seo do shióga óga! Ach, le gliceas, aimsíonn Luisne
ceann de na bealaí rúnda, agus éalaíonn sí féin
agus a cara Deirdre go dtí an Domhan Thuas. Cé
go bhfeiceann siad rudaí iontacha ann, faraor, ní
oibríonn a gcuid pleananna amach mar a shíl siad
... agus is gearr go mbíonn an bheirt i dtrioblóid!

978-1-909907-96-6